DÉPART IMMÉDIAT !

ANNE-SOPHIE NÉDÉLEC

Le Lézard bleu
4 Les Ormes - 78860 St Nom la Bretèche

ISBN : 9798442255614
Dépôt légal : Mai 2022
Prix public : 15€
Impression à la demande

1

DÉPART EN VACANCES

Synopsis : Ambiance familiale électrique pour un départ en vacances !

Personnages

Jean-Paul, le père

Véronique, la mère

Mathieu, le fils

Fanny, la fille

Décor : Une table et des chaises.

Des valises, des vêtements, une console une trousse à maquillage, des livres...

Durée : 12 minutes

*

C'est le matin. La mère, en peignoir, entre et prépare le petit déjeuner.

Le père entre, en pyjama. Il baille, se gratte la tête et s'assoit.

PÈRE : Aah ! Les vacances !

MÈRE : Ah oui, les vacances !!

PÈRE : Enfin !

MÈRE : Ça fait du bien…

PÈRE : Prendre son temps…

MÈRE : Savourer chaque moment…

PÈRE : Le bonheur !

Le fils entre.

PÈRE : Bien dormi, fiston ?

FILS : Mmmouais… Comme d'hab'… (*Il baille, se gratte la tête et s'assoit.*)

La fille entre en s'étirant lentement.

FILLE : Aahh ! J'adore les vacances…

MÈRE : Il va falloir songer à préparer les bagages.

FILS : On part quand déjà ?

PÈRE : Le 20 juillet.

FILLE : Le 20 ?

PÈRE : Ben oui, le 20. Ça a toujours été le 20 !

FILLE : Mais c'est aujourd'hui le 20 !

MÈRE : Quoi !!??

FILS : Vous rigolez !?

PÈRE : Mais pas du tout, on part le 20. On a toujours dit : on part le 20 !

FILLE : Oh non ! Je ne serai jamais prête !!

MÈRE : Oh la la ! Je ne sais pas du tout quels vêtements emporter !

PÈRE : Ça va, on part au bord de la mer, un maillot de bain suffit !

FILLE : Et puis quoi encore ! Je ne pars pas sans mon maquillage !

FILS : Ah ben, il va falloir un semi-remorque !

FILLE : C'est malin !

FILS : On décolle à quelle heure ?

PÈRE : Tranquille, on décolle à 15h !

MÈRE : Oui, mais il faut y être trois heures avant, je suppose…

FILS : Ça fait midi.

FILLE : Plus une heure en voiture pour arriver à l'aéroport…

PÈRE : Tranquille : ça fait un départ d'ici à 11h.

FILS : Et il est 10h…

MÈRE : Oh la la ! On ne sera jamais prêts !

FILS et FILLE : Ah ben ça, c'est sûr… !

PÈRE : Mais si ! Pas de stress…

MÈRE, *affolée et totalement désorganisée* : Bon, soyons organisés : Jean-Paul, tu vas laver la voiture, Mathieu, tu ranges ta chambre, Fanny, tu fais la vaisselle, et moi…

FILLE : Maman, c'est pas les priorités !

MÈRE : Ah non mais moi, il est hors de question que je revienne dans une maison sale !

FILLE : Oui, mais là, l'urgence, ce sont les bagages !

FILS : Tout ça pour pas faire la vaisselle…

PÈRE, *protecteur* : Ecoute chérie, occupe-toi des bagages, je gère le reste !

MÈRE, *sort, affolée* : Oh la la, on ne s'en sortira jamais !

PÈRE : Les enfants, au boulot ! Vous déposez vos affaires ici, on mettra dans la valise après.

FILS et FILLE : Ok P'pa !

Ils sortent.

MÈRE, *passant la tête* : Jean-Paul, tu sais où sont les passeports ?

PÈRE : Non, c'est toujours toi qui les ranges.

MÈRE : Je ne les retrouve pas dans la pochette des documents administratifs !

PÈRE : On cherchera plus tard !

Fanny revient avec plusieurs valisettes et trousses de maquillage.

FILLE : C'est quand même un peu fondamental. Je dis ça, je dis rien…

PÈRE : Oui ben dis rien, tu vas stresser ta mère !

FILLE : Pfff… !

Mathieu revient avec une pile de jeux vidéo.

FILS : Nos parents sont complètement irresponsables !

FILLE : Heureusement qu'on est là pour leur rappeler les priorités…

La mère revient avec une énorme pile de vêtements.

PÈRE : Mais enfin, Véronique, tu ne vas pas emmener tout ça !

MÈRE : Attends, il faut prévoir des fringues pour le chaud, pour le froid, du sportif, du classe…

PÈRE : Des fringues classes en vacances ?

MÈRE : Au cas où…

PÈRE : Au cas où quoi ?

MÈRE : Mais je ne sais pas ! On ne sait jamais… si on est invités…

PÈRE : J'espère que non. Moi, je vais en vacances pour me reposer !

MÈRE : Et tes chaussures, tu as préparé tes chaussures ?

PÈRE : Oh moi, je pars en tongs, j'ai pas envie de m'encombrer !

MÈRE : Et si on fait une randonnée, tu feras comment ?

PÈRE : On ne fera pas de randonnée, on va en vacances pour se re-po-ser ! Moi, je compte bien passer quinze jours les doigts de pied en éventail sur la plage… !

MÈRE : Non mais au cas où…

Fanny rapporte une énorme pile de vêtements.

PÈRE : Fanny ! Tu ne vas pas emporter tout ça !

FILLE : Ben si ! Attends, j'ai plein de fringues d'été, ce serait dommage de ne pas en profiter. On passe les trois quarts de l'année en col roulé gris ou noir, alors l'été, je me rattrape sur les robes, les shorts… de toute les formes et de toutes les couleurs, c'est super sympa, j'adore ! J'en ai plein et j'ai pas le temps de les mettre toutes que c'est déjà l'hiver !

PÈRE : Enfin, là, il va falloir faire du tri…

FILLE, *sortant en se bouchant les oreilles* : J'ai rien entendu !

MÈRE, *poussant Jean-Paul dehors* : Ecoute chéri, va chercher les valises, on fera le tri plus tard !

PÈRE : Ah oui, alors il faut que je vous dise…

MÈRE : Plus tard !

PÈRE : Oui mais…

MÈRE : Ce n'est pas le moment !

Mathieu revient et dépose plusieurs consoles.

MÈRE : Mathieu : on t'a demandé de préparer ta valise ! Pas de déménager la maison ! Où sont les vêtements que tu emmènes ?

FILS : Oui ben je m'en occuperai plus tard, c'est pas important…

MÈRE : Alors là, j'aimerais bien savoir ce qui est plus important… à part, peut-être, ta brosse à dents…

FILS : Pfff tu parles !

MÈRE : Mais qu'est-ce que c'est que ce bazar ?!

FILS : Ben ma DS, ma Wii, ma PS4, ma Xbox, ma…

MÈRE : Mais enfin, on va à la plage !

FILS : Non mais la DS c'est pour l'avion, la PS c'est pour la location, la Wii, c'est pour jouer en famille…

MÈRE : Et la Xbox ?

FILS : Non mais c'est pas du tout les mêmes jeux… Non y'a pas à transiger, il me faut toutes les consoles. D'ailleurs, il y a le wi-fi, là où on va ?

MÈRE : Je ne sais pas, il faut que tu demandes à ton père ?

FILS : C'est super important pour pouvoir jouer en ligne !

MÈRE : Mais puisqu'on va être à la plage !!!

FILS : Non mais tu comprends rien, le wi-fi, c'est la vie !

MÈRE, *prenant les fils* : Et tu comptes t'habiller avec ça ?

FILS : Mais maman !

La fille revient avec une pile de livres.

MÈRE : Mais enfin Fanny, tu ne vas pas lire TOUT ÇA ?!!? On ne part que quinze jours !

FILLE : Ben si, attends ! Je me fais tellement suer à la plage !

FILS : Tu ne lis jamais d'habitude, à part tes magazines stupides… !

FILLE : Non mais ça fait style genre je suis une super intellectuelle. Il paraît que les mecs, ça les impressionne !

FILS : Pfff… à la rigueur des magazines de geeks, mais (*Il prend un livre et en lit le titre :*) « Le Rouge et le Noir », ça m'impressionne pas du tout ! Tu parles d'un titre ! Encore un manuel de maquillage, je parie !

FILLE : Laisse tomber, t'y connais rien !

Le père revient avec une valise.

PÈRE : Allez, c'est parti, il faut que tout rentre là-dedans !

LES AUTRES : Quoi ?! Dans une seule valise ?!

MÈRE : C'est une plaisanterie, Jean-Paul ?

FILLE : Où sont les autres valises ?

PÈRE : Cette année, il n'y en a qu'une.

FILS : C'est quoi ce délire ? Et mes consoles ?

PÈRE : On part en low cost : les bagages sont payants, et super cher en plus ! Alors je n'en ai pris qu'un pour nous quatre.

MÈRE : Mais enfin, Jean-Paul, comment veux-tu que je fasse rentrer tous mes vêtements dans un aussi petit espace ?

FILLE : Et mon maquillage ?

FILS : Et mes consoles ?

PÈRE : Après, on a droit chacun à un bagage à main ! (*Il leur tend un sac à dos chacun.*)

LES AUTRES : Ouf !

Ils entassent précipitamment leurs affaires dans la valise et les sacs. Ça déborde de partout.

MÈRE : Ah non mais là, j'abandonne. Tant pis, je ne pars pas !

PÈRE, *regardant sa montre* : Allez, pas de défaitisme ! 11h ! Il faut partir !

LES AUTRES, *encore en peignoir et pyjama* : Mais nous ne sommes pas du tout prêts !

MÈRE : Chéri, tu as les billets ?

PÈRE : Ah non, c'est toi qui les as rangés.

MÈRE : Mais pas du tout ! C'est toi !

FILS : Catastrophe !

FILLE, *brandissant les billets* : Mais non, ils sont là ! Maman, tu les avais mis dans mes maillots de bain pour être sûre de ne pas les perdre.

MÈRE : Ah oui, c'est vrai !

PÈRE : Allez, donne-moi ça. (*Il regarde les billets :*) Tenerife, c'est bien ça… mais… mais…

LES AUTRES : Quoi, qu'est-ce qu'il y a ?

PÈRE : Ce ne sont pas les bons billets, ils indiquent la date du 21 juillet…

FILS et FILLE : C'est une blague ?

MÈRE : Tu disais que c'était le 20, que ça avait toujours été le 20 !

PÈRE : Ah ben finalement, c'est pas le 20…

LES AUTRES : C'est malin !

2

LA RANDO

Synopsis : Parties en randonnée dans la montagne, Marion, Lucy et Daphné rencontrent Simon et Martin, deux beaux parleurs...

Personnages

MARION

LUCY

DAPHNÉ

SIMON

MARTIN

Décor : Des buissons.

Durée : 12 minutes

*

Trois copines font une randonnée en montagne.

Marion, l'écolo de service, porte de bonnes chaussures de marche, une tenue de circonstance, un bon chapeau, et son sac à dos contient tout ce qu'il faut pour une survie en montagne : eau, barres énergétiques, pansements...

Lucy, totale fashion victim, porte une mini-jupe, des talons et craint pour son vernis à ongles.

Daphné, l'intellectuelle de la bande, porte un énorme sac à dos rempli de bouquins. Elle jongle entre deux guides et un herbier qu'elle se concocte. A la traine, elle s'arrête toutes les deux minutes pour ramasser une plante et la comparer aux dessins de son herbier.

LUCY : Bon, on est bientôt arrivées, là ? J'en peux plus.

MARION : Tu rêves !

LUCY : J'ai mal aux pieds…

MARION : Je t'avais dit de mettre des chaussures de marche, ou au moins des baskets !

LUCY : Ça va pas non ! Moi vivante, tu ne me feras pas porter ces horreurs ! Il n'y a pas plus anti-féminin !

MARION : Au moins, c'est pratique.

LUCY : Je me refuse de sacrifier l'esthétique au pratique !

MARION : Quand tu te seras tordu la cheville, on en reparlera…

DAPHNÉ : Dis donc, Marion, toi qui es écolo, tu peux me dire ce que c'est que cette fleur ?

MARION, *observe la fleur* : Aucune idée. Tu sais, pour moi, la nature, elle est instinctive, pas intellectuelle !

Pendant qu'elles observent la fleur, on voit apparaître Simon et Martin, deux jeunes gens qui font de la randonnée avant tout pour faire des rencontres féminines.

SIMON : Elles sont pas mal, ces filles…

MARTIN : Pas mal du tout, tu veux dire. Tu as un plan ?

SIMON : Alors, on s'approche, on sympathise, on fait un bout de route ensemble, on les paume… et on les fait flipper ! Et hop, c'est du tout cuit dans les bras !

MARTIN : Comment on les fait flipper ?

SIMON : Pendant que je tchatche, tu t'éloignes, tu te caches et tu fais bouger des branches comme si il y avait un énorme ours caché là…

MARTIN : OK. Il faut faire les bruits aussi ?

SIMON : Carrément !

MARTIN : Je m'y connais pas trop en bruits d'animaux… ce serait mieux si c'était moi qui draguais les filles pendant que toi, tu fais l'animal.

SIMON : Mais non ! Le pro de la drague, c'est moi !

MARION : Bon, les filles, on est reparties ?

DAPHNÉ : Ça m'embête de ne pas avoir trouvé le nom de cette plante…

LUCY : Mais qu'est-ce qu'on s'en fout !

DAPHNÉ : Mais non enfin, c'est terrible de rester devant une chose, si petite soit-elle, dont on ignore jusqu'au nom ! Peut-être qu'elle est venimeuse…

LUCY, *paniquée* : Quoi !?! Lâche-ça tout de suite !

MARION : Calmez-vous. Dans les Alpes, les plantes venimeuses, il faut les chercher !

Simon et Martin s'approchent.

SIMON et MARTIN : Salut les filles !

MARION et DAPHNÉ : Salut !

LUCY, *s'accrochant à eux et désignant Daphné* : Mais dites-lui de jeter ça ! C'est une plante venimeuse ! Moi, je ne veux pas attraper de boutons !

MARTIN, *avec évidence* : Ben, c'est une gentiane. Pas de danger.

SIMON, *lui donnant un coup de coude réprobateur, et prenant un air important* : Ça ? C'est une gentiana fabulatus vaporis. Jolie hein ? Ne vous inquiétez pas, pas de danger avec cette plante.

LUCY : Ah, ouf !

SIMON : Mais vous avez raison de vous méfier. On ne sait jamais sur quoi on tombe en montagne. Moi c'est Simon.

MARTIN : Et moi, Martin. Et vous ?

LES FILLES, *l'une après l'autre* : Lucy, Marion, Daphné.

SIMON : Et vous faites quoi, dans le coin ?

MARION, *agacée* : À ton avis ? On danse la macarena.

LUCY, *sous le charme* : Mais non, t'es bête ! On fait une petite promenade.

MARTIN : Ah, c'est bien, ça. Nous aussi.

SIMON, *lui donne un coup de coude, et prend son air important* : Oui, enfin, une promenade un peu spéciale. C'est le boulot, quoi ! On est de l'ONF.

LUCY : L'ONF ? Qu'est-ce que c'est que ce truc-là ?

MARTIN, *réalisant la supercherie* : Ah oui ! Hum… L'Office National des Forêts. On est en mission de surveillance de la faune et la flore.

SIMON : Oui, et on en profite pour faire un peu de balistique.

MARION : Hein ?!

DAPHNÉ : De balistique ?!!

LUCY : C'est quoi ça ? Ça a l'air drôlement intéressant comme boulot !

MARTIN : Non, enfin, pas de balistique… plutôt de balisage…

SIMON, *réalisant sa bévue* : Oui, c'est ça, c'est exactement ce que je voulais dire…

DAPHNÉ : On suit le sentier de la Colombière. D'après mon plan, on doit être à peu près ici. (*Elle leur montre.*)

SIMON : Tu crois ?

MARTIN : Ben oui, évident.

SIMON, *lui donnant un coup de coude* : Mais pas du tout ! À mon avis, vous avez lu le plan à l'envers. (*Il lui montre un point sur la carte.*) On est là.

DAPHNÉ : Mais ce n'est pas possible…

LUCY : Tu vois, tout n'est pas dans les livres. Et ils peuvent se tromper !

MARION : Oui, mais la réalité ne peut pas se tromper : je l'ai faite trois fois déjà, cette balade. Je connais le chemin !

SIMON : Houlà ! Méfiance ! On n'est jamais à l'abri d'une illusion d'optique !

MARION : Et le panneau, là-bas, c'est une illusion d'optique ?

SIMON : Heu…

MARTIN : Ah, le panneau, là-bas ? C'est nous qui l'avons apporté. On doit l'installer un peu plus bas sur le sentier.

Simon lui fait signe pouce en l'air pour dire « bien joué ».

LUCY, *aux filles* : Attendez, les filles, ce sont des gars de l'ONF, ils savent de quoi ils parlent.

SIMON : La nuit commence à tomber. Si vous voulez, on peut vous accompagner.

DAPHNÉ : Pas besoin, j'ai mon plan et ma boussole.

MARION : Et moi, j'ai ma mémoire !

LUCY : Franchement, les filles, je ne suis pas très rassurée. On ferait mieux de les suivre.

MARTIN : En plus, à cette heure-ci, les chiens de berger commencent à se balader n'importe où.

SIMON : Ils sont monstrueux ! Presque de la taille de petits veaux !

LUCY : Mais pourquoi ?

MARION : Pour protéger les troupeaux de moutons.

LUCY : Mais de quoi ?

DAPHNÉ : De ces foutus loups et ours qu'on a mis des siècles à éradiquer du pays, et que les écologistes, depuis leurs bureaux parisiens, s'amusent à réintroduire dans les Alpes !

MARION : C'est une excellente mesure ! Enfin, c'est émouvant : avoir la chance de pouvoir croiser des espèces presque disparues !

DAPHNÉ : Va raconter ça aux bergers !

MARION : Tu ne saisis donc pas la poésie de la nature. C'est un véritable hymne à la vie !

DAPHNÉ, *ironique* : Super ! Et grâce à ton hymne, maintenant, on ne peut plus se balader tranquille en forêt.

SIMON : À votre place, je me méfierais…

MARION : Vous plaisantez !?

MARTIN : Pas du tout !

SIMON : En tout cas, nous, ça nous fait plaisir de vous accompagner.

LUCY : C'est d'accord !

MARION et DAPHNÉ : Lucy !

Les trois filles échangent un regard.

DAPHNÉ : Bon, c'est d'accord. Si ma carte est pourrie…

LUCY : Ou si tu ne sais pas la lire…

DAPHNÉ : Je sais parfaitement lire une carte !

MARION, *bas* : Ça suffit ! Vous n'allez pas vous comporter comme des gamines devant ces coqs de basse cour qui ne cherchent qu'à draguer !

LUCY : Pfff ! Tu vois le mal partout. Ils sont tout à fait charmants !

SIMON : Alors, c'est parti, les filles ?

LUCY, *enthousiaste* : C'est parti !

MARION et DAPHNÉ, *nettement moins* : C'est parti…

MARTIN : Il faut savoir une chose quand on se promène en montagne : si vous tombez nez à nez avec un chien de berger, il faut surtout…

MARION : … rester immobile.

MARTIN : Heu… oui, c'est ça !

MARION, *aux filles* : Vous voyez qu'avec moi, vous étiez en sécurité. La montagne, je la connais !

SIMON : Et c'est valable pour tous les animaux sauvages.

DAPHNÉ : Hum, d'après mon guide, si on rencontre un loup, il faut mieux prendre ses jambes à son cou !

MARTIN : Ouais, mais ça, c'est les bouquins !

LUCY, *aux garçons* : Moi, ça m'est égal : si on rencontre une bête sauvage, je saute dans vos bras !

SIMON et MARTIN : Avec plaisir !

Ils marchent.

MARION : Hum. Je ne voudrais pas jouer les rabat-joie, mais il me semble qu'on a quitté le sentier.

SIMON : C'est un raccourci.

MARION : La nuit tombe. Les raccourcis, dans le noir, ce n'est jamais bon…

MARTIN : Pas de souci, nous sommes là.

LUCY, *dragueuse* : Moi, ça me rassure drôlement que vous soyez là. (*Elle trébuche et se tord la cheville.*) Aïe !

LES AUTRES : Ça va ?

LUCY, *pleurant* : Non ! Je me suis tordu la cheville ! Et le pire, c'est que j'ai cassé mon talon !

MARION : Quelle idée aussi, de faire de la rando en talons !

SIMON : C'est tout à fait charmant !

DAPHNÉ : Et dangereux !

MARTIN : J'ai une trousse de secours dans mon sac. Je vais te bander la cheville.

SIMON : Non, je vais le faire ! Martin, va donc voir si tu ne trouves pas des feuilles de chevillus torducus.

MARTIN : Hein ?!

SIMON, *avec un clin d'œil* : C'est un remède imparable pour les entorses.

DAPHNÉ : Des feuilles de quoi ?

SIMON : Chevillus torducus. Tu ne connais pas ? Pourtant, c'est fantastique. Surtout cueillie bien fraiche. (*À Lucy :*) Tu verras, ça va te faire beaucoup de bien.

DAPHNÉ : Jamais lu ça dans aucun bouquin de botanique.

MARION : Ni entendu parler nulle part !

SIMON : Allez, Martin, qu'est-ce que tu attends ?

MARTIN : Je ne sais pas si je pourrais reconnaître cette plante. Tu devrais y aller, toi…

SIMON, *bas* : Martin, on suit le plan ! Tu te caches dans les branches et tu les effrayes !

MARTIN : Pfff…

Il sort.

SIMON, *bandant le pied de Lucy* : Voilà.

LUCY : Oui, comme ça, ça va tout de suite mieux.

DAPHNÉ : Mais les feuilles de je sais plus quoi, là, c'était pas à mettre dans le bandage ?

SIMON : Heu… oui… non ! Ça… ça se mange !

LUCY : Pardon ?

Soudain, on entend des grognements. C'est Martin, à quatre pattes, qui agite des branchages. Lucy hurle.

SIMON : Attention. C'est sans doute un chien de berger. Il va aboyer…

Martin aboie péniblement.

MARION : Bizarre, ce chien…

SIMON : Vous vous souvenez : pas un bruit, pas un geste, et il va partir de lui-même.

Les bruissements et les aboiements s'éloignent.

DAPHNÉ : Ouf ! On ferait mieux de partir.

SIMON : Ne vous inquiétez pas, je suis là.

Les bruissements recommencent, cette fois, de l'autre côté.

DAPHNÉ : Ça recommence ! J'ai horreur des animaux !

SIMON : C'est rien. Viens dans mes bras, je vais te protéger.

Les bruits deviennent plus forts.

MARION : Ça devient inquiétant…

Martin arrive derrière eux et frappe sur l'épaule de Simon.

SIMON, *bas* : Ben alors, qu'est-ce que tu attends ? Grogne, hurle… C'est pas assez fort.

MARTIN : Ben justement. Je ne sais pas imiter le grognement de l'ours.

SIMON, *se retournant violemment, bas (les filles, effrayées, n'ont rien vu et gardent les yeux fixés sur les branches qui bougent)* : Mais qu'est-ce que tu fais là, toi ?

MARTIN : C'est ce que je me tue à t'expliquer : je ne sais pas faire le grognement de l'ours.

On entend un grognement plus fort.

SIMON : Mais alors, si ce n'est pas toi… c'est quoi ?

MARTIN : Ben… je sais pas…

SIMON, *paniqué* : On se casse !

Simon et Martin sortent en courant.

DAPHNÉ : Hein ?! Je croyais qu'il ne fallait pas bouger ?

MARION : Oui, mais là, c'est pas un chien…

Daphné et Marion sortent en hurlant.

LUCY : Eh ! Comment je fais, moi ? Je ne peux plus marcher !!

Daphné et Marion reviennent. Elles soulèvent Lucy.

DAPHNÉ : Oh !! Les garçons, on a besoin de vous !

MARION : Bande de dragueurs à deux balles…

Noir.

3

SOUS LA TENTE

Synopsis : Morgane, Camille et Coraly sont en colonie de vacances. Elles décident de faire une blague à Fred et Chris, leurs monos…

Personnages

MORGANE

CAMILLE

CORALY

FRED

CHRIS

Décor : Une douche de lumière pour figurer la tente.

Des duvets et des lampes torches.

. . .

<u>Durée</u> : 12 minutes

*

Une tente matérialisée par une douche de lumière. Morgane, Camille et Coraly sont allongées sur leurs duvets. Camille lit, Coraly mâche nonchalamment un chewing-gum et Morgane s'agite…

MORGANE : Qui m'a piqué ma lampe torche ?

CAMILLE : C'est pas moi !

MORGANE : Bon sang, les filles, c'est pas possible ça. On ne peut pas partager une tente sans un minimum d'organisation !

CORALY, *qui continue à machouiller tranquillement son chewing gum* : Surtout pendant deux semaines…

MORGANE : C'est clair ! Si au bout de trois jours, je ne peux pas retrouver ma lampe torche, on est bien partis !

CAMILLE : Tu as cherché sous ton duvet ?

MORGANE : Ben oui, à ton avis ? (*Elle sort une chaussette.*) Oh non ! C'est à qui, cette chose puante ?

CORALY : Oups, c'est à moi…

MORGANE : Tu peux m'expliquer ce qu'elle faisait dans mon duvet ?

CORALY : Ben… non.

MORGANE : Pfff… (*Elle repart en exploration.*)

CAMILLE : Attention ! Mes bouquins !

MORGANE : Quelle idée aussi, d'apporter autant de livres ? Non mais quelle idée…. !

CORALY : Tu peux arrêter de râler deux minutes ?

MORGANE : Ben… non !

CORALY : Ok, j'ai compris. (*Elle commence à fouiller.*)

CAMILLE : Elle est de quelle couleur cette lape torche ?

MORGANE : Rouge.

CAMILLE : Alors la voilà. (*Elle lui tend une lampe torche noire.*)

MORGANE : Dis donc, tu ne serais pas daltonienne, des fois ?

CAMILLE : Heu…

MORGANE : C'est pas grave, ça fera l'affaire.

CORALY : Sauf que c'est la mienne. (*Elle reprend la torche noire.*) Mais voilà la tienne. (*Elle lui donne sa lampe.*) Dans le sac de linge sale : tu m'expliqueras pourquoi elle se trouvait là…

Fred et Chris s'approchent.

FRED : Les filles, il va falloir éteindre…

CHRIS : Et plus vite que ça !

MORGANE : Ils m'énervent ceux-là !

CORALY : Arrête, ils sont trop mignons, ces moniteurs…

FRED : On fait le tour des tentes, et quand on revient, vous dormez, OK ?

CHRIS : Vous ronflez, même !

LES FILLES : OK Fred ! OK Chris !

MORGANE, *bas* : Compte là-dessus !

CORALY : Morgane, arrête ! Ils sont trop mignons, je te dis !

MORGANE : Mais n'importe quoi !

CAMILLE : Ce sont de gros trouillards.

CORALY : Quoi ? Qu'est-ce que tu racontes ?

CAMILLE : Ben c'est vrai. L'autre jour, pendant la visite de la ferme, Fred s'est mis à hurler devant une araignée !

MORGANE : Et Chris a failli tomber dans les pommes quand Jérémy s'est coupé le doigt.

CORALY : Il ne supporte pas la vue du sang, c'est tout.

CAMILLE : On pourrait les faire grave flipper !

MORGANE : Elle a de ces idées…

CORALY : T'es trop bizarre comme fille !

CAMILLE : Ben quoi, ce serait marrant !

MORGANE : Moi je suis partante. Ils m'énervent trop à faire leurs coqs devant les filles de la colo.

CORALY : Pfff ! Mais non. Et puis ils sont trop mignons…

CAMILLE : Allez, on va bien rigoler. Ils seront tellement morts de trouille que tu pourras les serrer dans tes bras tant que tu veux pour les réconforter !

CORALY : Là, d'accord.

MORGANE : Qu'est-ce que tu veux faire ?

CAMILLE : Écoutez… (*Elles chuchotent ensemble.*)

Fred revient.

FRED : Les filles ! Il y a encore de la lumière. Eteignez-moi ces torches tout de suite !

CORALY : Fred, on a trop peur du noir…

MORGANE : Viens nous lire des histoires.

FRED, *entrant sous la tente* : Vous rigolez, les filles ?! Vous avez passé l'âge…

CORALY : S'il te plait !

FRED : Houlà ! Mais je n'ai aucune imagination, moi !

Chris s'approche.

CHRIS : Ben alors ! Ça ne dort toujours pas, là-dedans ?!

MORGANE : On veut que vous nous lisiez une histoire !

CHRIS : Vous n'avez qu'à demander à votre copine qui a toujours le nez fourré dans ses bouquins…

CAMILLE : Je suis d'accord pour vous les prêter, mais c'est vous qui lisez.

FRED : Bon, d'accord… (*Camille lui donne un livre à la couverture sanglante.*) Heu… tu n'as pas autre chose ?

CAMILLE : Quoi !? Ça ne t'inspire pas ?

FRED : « La nuit des morts vivants »... Beuark !

CAMILLE : Si tu préfères, j'ai : « Les vampires en enfer », « Zombie-comedy », « Tortures et châtiments »...

CHRIS, *palissant* : Que des récits d'horreur ?

CAMILLE : C'est ce que je préfère.

FRED, *aux autres* : Elle est bizarre votre copine, non ?

MORGANE : Allez, une histoire d'horreur, on adore !

CAMILLE : Tiens, celui-là, « Terreur au camping », c'est le meilleur !

Fred ouvre le livre en tremblant, puis le passe à Chris.

FRED : Tiens, lis, toi !

CHRIS : « Anna dormait tranquillement sous sa tente avec ses amies Joséphine et Judith, lorsqu'elle fut réveillée en sursaut par un cri perçant. » Oh, la, la, j'aime pas cette histoire ! Tiens, Fred, à toi !

Morgane commence à se tortiller dans tous les sens.

FRED : Pff... (*Il lit :*) « Elle se redressa d'un bond et... »

CHRIS : Qu'est-ce qu'il y a Morgane ?

MORGANE : Rien...

FRED : Si, tu n'arrêtes pas de remuer ! Si tu continues, j'arrête de lire.

CORALY et CAMILLE : Oh non !

MORGANE : C'est que... J'ai envie de faire pipi !

CHRIS : Ben vas-y ! C'est biodégradable !

MORGANE : Quoi ?! Dehors ?

FRED : On est en plein champ, tu ne dérangeras personne !

MORGANE : Quand même… et puis Lucas, au dîner, il a dit qu'il y avait des loups garous dans le coin !

FRED et CHRIS, *palissant* : Des loups garous ?

CAMILLE : Très féroces, avec des crocs énormes pleins de bave sanglante…

CORALY : Mais arrêtez, les filles, vous allez leur faire peur !

CHRIS, *fanfaronnant malgré sa peur* : Nous faire peur !? Vous rigolez ?!

FRED : Il en faut plus pour nous faire peur. Pfff… Et puis des loups garous, ça n'existe pas !

CHRIS : Ce sont des histoires pour effrayer les petites filles !

LES FILLES : Hein, hein, très drôle !

CAMILLE : Moi, je sais que ça existe, et c'est juste complètement flippant !

CHRIS et FRED : Hem, bon…

MORGANE, *gémit* : J'ai trop envie de faire pipi !

CHRIS : Puisque je te dis que tu ne risques rien !

FRED : Et puis, je ne suis pas loin : en cas de problème, tu n'as qu'à appeler « au secours » et Super-Fred arrivera tout de suite !

CORALY : Moi, à sa place, je n'oserais pas…

CAMILLE : Moi non plus ! Dès que la nuit tombe, je ne bouge plus de la tente.

MORGANE : Il faut quand même que je fasse pipi !

FRED : Ah la la, ces filles !!

CHRIS : Vous n'avez pas un seau ? Une bouteille d'eau ?

CORALY : Tu rigoles, on n'est pas des mecs !

CAMILLE : Bon, vous commencez à être vraiment dégueu avec vos histoires d'urine !

FRED : Z'y-va comment qu'elle cause l'autre avec ses bouquins plus dégueus que dégueu !

MORGANE : C'est bon, Fred, t'es pas obligé de parler comme ça pour faire d'jeuns'.

FRED : Mais je suis jeune !

CORALY, *dragueuse* : Ouais enfin… t'es quand même vachement plus mûr que nous, si tu vois ce que je veux dire…

FRED, *gêné* : Hum, oui, bon…

CAMILLE : Toi aussi, Chris…

CHRIS : Oh, les filles, on se calme !

FRED : Bon, Morgane, tu vas le faire, ce pipi, oui ou non !

MORGANE : J'ai trop peur…

CAMILLE : Et toi, tu continues l'histoire, oui ou zut ?

FRED, *reprenant le livre* : Alors… (*Visiblement trop effrayé :*) Vous n'auriez pas autre chose ?

Les trois filles font non de la tête.

FRED : Bon : « Anna sortit dehors. Le vent soufflait fort et les branches sifflaient… » (*Faussement détaché :*) Non, vraiment, ça m'ennuie trop de lire. (*Il donne le livre à Chris.*)

CHRIS : Moi non plus, je n'aime pas lire… (*Bas :*) Surtout ce genre d'histoire ! « Les branches sifflaient et craquaient autour d'elle avec des hurlements terrorisants… »

MORGANE : Oh, là, là, je ne tiens plus ! Tant pis, loups garous ou pas, j'y vais !

Elle sort de la tente.

CORALY : À sa place, j'y serais jamais allée…

Soudain, on entend un hurlement terrible. Tous crient.

CAMILLE : C'est Morgane !

FRED : Mais non, c'est… c'est un chien qui hurle…

CORALY : Ou un loup-garou…

CHRIS : Les loups garous n'existent pas !

CAMILLE, *passant la tête hors de la tente :* Morgane ! Morgane, ça va ?

Un temps.

CORALY : Elle ne répond pas.

FRED : C'est normal, à priori, elle est occupée.

CAMILLE : Imagine, si elle avait été dévorée par un loup garou !

CHRIS : Les loups garous…

CAMILLE : … n'existent pas, oui, on sait ! Mais quand même…

CORALY : Ou alors elle a été attaquée par des morts vivants…

FRED, *riant jaune* : Mais où vous allez chercher tout ça les filles, enfin…

CAMILLE, *criant à nouveau* : Morgaaane ! Moooorgaaaane !!!

CORALY : Fred, tu devrais aller voir si elle va bien.

FRED : Ça ne va pas, non ?

CORALY : Ou alors toi, Chris !

CHRIS : Vous êtes folles ! S'il y avait des morts vivants…

CAMILLE : Je croyais que tu n'y croyais pas ?!

CHRIS : Oui… mais… on ne sait jamais !

CAMILLE : Bon, ben moi, je vais voir…

Elle sort.

CORALY : Elle est courageuse, elle !

FRED : Ou folle…

Soudain, on entend un hurlement, aussi horrible que le premier. Fred et Chris hurlent.

CORALY : Cette fois, c'est Camille. Vous devez aller voir ce qu'il se passe !

FRED : Tu n'as qu'à y aller, toi !

CORALY : C'est vous les monos, pas moi !

CHRIS : Eh bien… eh bien… ça ne fait rien, c'est pareil !

CORALY : Pffff ! Tu me déçois vraiment !

Elle sort.

FRED : Coraly ! Non, n'y va pas !...

CHRIS : Ne nous laisse pas tout seuls… Les lampes torches, où sont les lampes torches ?

Ils les prennent toutes dans leurs bras.

FRED : Voilà. Avec de la lumière, on se sent toujours mieux…

CHRIS : On ne peut quand même pas les laisser toutes seules dans le noir…

FRED : Oh, après tout, elles reviendront bien au bout d'un moment…

CHRIS, *réalisant tout à coup* : Et il faudra qu'on retourne tout seuls sous notre tente !

FRED et CHRIS : Oh non !!!...

FRED : Mais non, je sais : on va rester dormir ici.

CHRIS : Bonne idée.

Ils se couchent.

CORALY, *off* : Fred !!! Chris !!! Au secours !

FRED et CHRIS : Oh non !...

CHRIS : Là, il faut…

FRED : … il faut quand même qu'on y aille : un bon moniteur ne doit pas laisser seuls des ados en détresse…

CORALY : Fred… Chris…

FRED : J'arrive ! Allons, je suis Super-Fred !!!

CHRIS : Super-Chris à la rescousse !

Ils sortent de la tente et se précipitent dans la direction du cri.

Morgane, Camille et Coraly reviennent sous la tente. Elles rient.

CAMILLE : Ouf ! J'ai cru qu'ils ne sortiraient jamais !

MORGANE : Quels trouillards !

CAMILLE, *à Coraly* : Tu les trouves toujours aussi mignons ?

CORALY : Hum… Plus autant…

Soudain, on entend un hurlement terrible. Les filles se figent.

LES FILLES : C'est eux !! *(Elles hurlent de terreur.)*

Noir.

4

LEÇON DE SURF

Synopsis : Mike, prof de surf, a des méthodes d'enseignement bien particulières... Mais que dire de la motivation de ses trois élèves... !

Personnages

MIKE, le prof de surf

JESSICA, la fan de surf, et surtout du prof

MARIE, la flippée

GUILLAUME, qui n'arrive pas à décrocher du boulot

Décor : 4 planches de surf (des serviettes peuvent aussi faire l'affaire)

Durée : 10 minutes

*

La plage.

Mike accueille ses élèves. Ils sont tous en combi de surf, un surf à la main.

MIKE, *regardant sa montre* : 16h, c'est parti, on y va ! OK tout le monde. On pose les planches et on se dégourdit les jambes.

JESSICA : J'adore !

Tout le monde se dégourdit les jambes. Guillaume est au téléphone.

GUILLAUME, *au téléphone* : Ok, ok. Bon alors tu surveilles la bourse, et si ça s'emballe, tu vends !

MIKE, *montrant les brassards de Marie* : Heu… Marie, c'est quoi ça ?

MARIE : Des brassards. Je ne sais pas bien nager alors…

MIKE : Ah, ok…

MARIE : Ça me rassure…

GUILLAUME, *s'énerve, au téléphone* : Mais non, pas du tout !

MIKE, *à Marie* : Tu fais comme tu veux… Le surf, tu vois, c'est cool. Tout en souplesse. Alors si tu veux porter des brassards, tu portes des brassards.

MARIE : Merci Mike.

MIKE : Le surf, c'est…

JESSICA, *bas* : … une philosophie.

MIKE : … une philosophie, un état d'esprit…

JESSICA, *bas* : Un rapport au monde…

MIKE : … un rapport au monde… Alors on va monter sur la planche et essayer les mouvements. Guillaume, s'il te plait…

GUILLAUME : Oui, oui, désolé. (*Au téléphone* :) Je te laisse. (*Il raccroche.*) Désolé, c'est le boulot. Bon alors on y va ?

MIKE : On y va, on y va ! Pour commencer, tout le monde s'allonge sur sa planche.

Jessica, Marie et Guillaume s'allongent.

GUILLAUME : La vache, mon dos ! Pas confortable.

MIKE : Bien, Guillaume, on s'allonge. C'est sûr, ça change du bureau. Allez, et maintenant…

JESSICA, *bas* : … on rame, on rame, on rame. (*Elle le fait à toute vitesse.*)

MIKE : … on rame, on rame, on rame…

Marie et Guillaume jouent qu'ils sont aspergés de sable et protestent.

GUILLAUME : Ah mais ça va pas !

MIKE : Euh, doucement Jessica, doucement, à ce rythme-là, tu vas vider la plage…

MARIE : J'ai du sable plein les yeux… (*Gênée par ses brassards, elle n'arrive pas à se frotter les yeux.*)

MIKE : Allez, on se calme. Prochain mouvement…

JESSICA, *bas* : À genoux sur la planche !

MIKE : À genoux sur la planche. Allez-y.

MARIE : Mais c'est dingue ! Tu sais tout ce qu'il va dire à l'avance ?

JESSICA : C'est parce que j'étais déjà aux cours de 10h, de midi et de 14h.

MARIE : Ah d'accord, tu connais tout par cœur.

JESSICA : Il est trop bien Mike, comme prof. Avec lui, j'apprends super vite.

MARIE : Oui enfin, si tu es obligée de suivre quatre fois le même cours…

JESSICA : En plus, il est trop beau.

MIKE : Maintenant, on…

JESSICA, *bas* : … on relève un genou !

MARIE, *agacée* : Pfff…

MIKE : … on relève un genou. (*Ils relèvent un genou, Guillaume péniblement.*) Voilà c'est bien. Allez, on refait le mouvement : allongés-à genoux, allongés-à genoux…

JESSICA, *en même temps* : Allongés-à genoux, allongés-à genoux…

MARIE : Elle m'énerve.

Ils refont plusieurs fois le mouvement. Guillaume a du mal à suivre le rythme.

MIKE : Bien. Et maintenant accroupi !

JESSICA : … accroupi.

MARIE : Bon, Jessica, ça devient vraiment lourd.

JESSICA : Pardon, mais j'adore !

Ils s'accroupissent. Guillaume a bien du mal à tenir sur sa planche.

MIKE : Eh bien Guillaume ? Accroupi, c'est pas compliqué…

GUILLAUME : Je manque d'habitude. Au bureau…

Le téléphone de Guillaume vibre. Guillaume tombe de sa planche.

MIKE : Non mais Guillaume, il faut décrocher là…

GUILLAUME : Oui, oui mais là… (*Il ouvre sa combi pour en sortir son téléphone.*) Allo ?

JESSICA : Pfff…

MARIE, *toujours accroupie sur sa planche, dans une position très inconfortable, bras écartés, à cause de ses brassards* : Je commence à avoir des crampes…

GUILLAUME, *fait signe qu'il est désolé* : J'en ai pour une minute… (*Au téléphone :*) Oui… oui… non… mais non ! Bon écoute là… (*Gêné parce que tous les autres le regardent.*) OK, ok, on fait comme ça. On se rappelle… (*Aux autres :*) Désolé, c'était super important.

Marie s'écroule.

MIKE : Ça va Marie ?

MARIE : Je crois que je me suis coincé le dos.

MIKE, *essaie de la débloquer* : Ok détends-toi… C'est les brassards aussi, ça te gêne !

MARIE : Ah non, je ne les enlève pas, j'ai trop peur de me noyer !

JESSICA, *jalouse* : Tout ça pour se faire remarquer. (*Elle simule un malaise :)* Oh, je ne me sens pas bien… je… je vais m'évanouir…

GUILLAUME, *se précipite pour la rattraper* : Mince, ça va ?

JESSICA : Ah non, pas toi ! Non, ben finalement ça va.

MIKE : Bon, on reprend. Tout le monde s'accroupit sur sa planche… (*Les élèves reprennent la position.*) Et on passe debout… On se penche pour prendre la vague qu'on accompagne tranquillement. (*Ils font le mouvement, plus ou moins bien.*) Eh ben voilà ! Vous le tenez ! Bon ben on va pouvoir y aller.

Le téléphone de Guillaume sonne. Il se précipite pour répondre.

GUILLAUME : Désolé, c'est hyper important !

MIKE : Non mais Guillaume… Le portable, c'est contraire à l'esprit du surf. Le surf, c'est cool, on se met en symbiose avec la nature…On…

GUILLAUME, *très fort, au téléphone* : Oui, eh bien appelez les responsables réseau ! Qu'est-ce que vous voulez que je vous dise ! (*Il s'éloigne pour parler.*)

JESSICA : Laisse tomber, Mike, je crois qu'il est incurable, celui-là !

MARIE : Et sinon, il n'y a pas de requins au moins ?

MIKE : Ah non ici, il n'y a pas de requins, à peine quelques algues.

MARIE : Non, parce que depuis que j'ai vu « Les dents de la mer », je suis un peu traumatisée…

MIKE : T'inquiète, je suis là !

JESSICA, *jalouse* : Pfff ! Quelle mauviette ! Bon, on y va, Mike.

MARIE : Ok, mais pas trop loin.

JESSICA : Ah si, loin ! Hein, Mike ?

Guillaume revient.

GUILLAUME : Désolé, c'était…

JESSICA : Hyper important ! On sait !

MIKE : Bon, tout le monde est Ok ?

LES AUTRES : Ok !

MIKE : Alors on y va. (*Il s'assoit.*)

GUILLAUME : Euh… Il fait quoi, là ?

JESSICA : Il regarde la mer. Il se met en symbiose avec elle. Il attend la vague.

Ils s'assoient tous.

MARIE : Ah d'accord, LA vague. Comme dans « Point Break ».

GUILLAUME : Quoi ?

MARIE : C'est un super film sur des surfeurs braqueurs de banque, et il y a un flic qui les poursuit, qui est aussi surfeur… et en fait, ils attendent tous de surfer sur la vague du siècle…

GUILLAUME : Euh… raconté comme ça, c'est sûr ça fait envie !

MARIE : Je suis complètement fan de ce film, je l'ai vu au moins vingt fois ! D'ailleurs, c'est à cause de ce film que j'ai voulu commencer le surf.

GUILLAUME : Ah, d'accord…

JESSICA : Chut !! On se concentre.

Mike a un mouvement comme pour se lever. Tous s'apprêtent à le suivre, mais il se rassoit.

GUILLAUME : Pfff… Ça va durer encore longtemps ? J'ai pas le temps pour ces conneries, moi !

JESSICA : Chhuuut ! Le surf, c'est avant tout de l'observation…

GUILLAUME : Tu parles d'un sport !

Un temps.

MARIE : C'est pas un requin, là-bas ?

JESSICA : Y'a pas de requins, ici !

MARIE : Non parce que moi, j'ai peur des…

JESSICA : Oui, on sait !

MARIE : Ah… bon…

Un temps.

GUILLAUME : Bon, j'ai pas que ça à faire, moi !

JESSICA : Chhuuut !

MIKE : On se concentre pour être prêts à prendre la vague, à accepter la vague dans son mouvement et son dynamisme. C'est une question de quête spirituelle…

MARIE : Ah oui. Tout à fait. Comme dans le film.

Guillaume soupire et sort son téléphone portable. Il commence à textoter.

Soudain, Mike a un mouvement.

GUILLAUME, *rempli d'espoir* : Ah ! ah !... (*Mike reprend son immobilité.*) Ah non.

JESSICA : Concentrez-vous un peu ! C'est très important cette méditation avant de surfer. Moi, je l'ai fait aux précédents cours, et ça m'a beaucoup apporté pour mon équilibre personnel.

MIKE : Chut !

MARIE : Et vous avez beaucoup surfé à 10h, midi et 14h ?

JESSICA : Ah non, il n'y a pas eu de bonnes vagues.

GUILLAUME : Tu plaisantes ?!

JESSICA : Ah non, il paraît que c'est souvent comme ça.

MARIE : Je commence à avoir mal aux bras à cause de mes brassards…

Soudain, le téléphone de Guillaume sonne.

MIKE, *se lève brusquement et pique sa crise* : Ah non, mais ce n'est pas possible ! On ne pourra jamais la prendre cette vague ! Le surf, c'est intense, c'est spirituel…

GUILLAUME, *répond en chuchotant au téléphone* : Oui, je te rappelle plus tard, le prof est en train de piquer sa crise…

MIKE : Ras le bol, Guillaume, de ton téléphone (*Il saisit le téléphone de Guillaume et le jette à la mer.*)

GUILLAUME : Eh ! Mon téléphone !! (*Il se précipite pour chercher son téléphone dans les vagues.*)

MARIE : Ah oui, dans le film aussi, quand ils s'énervent les surfeurs, ça fait mal…

MIKE : Ras le bol aussi de tes films, de tes brassards et de ta trouille, Marie ! Enlève-les ces machins, puisque je te dis qu'il n'y a pas de requins sur les côtes françaises ! (*Il lui arrache ses brassards et les jette à la mer.*)

MARIE : Eh, mes brassards !! (*Elle se précipite pour rattraper ses brassards.*)

JESSICA : Cool ! On va pouvoir y aller tous les deux.

MIKE, *brusquement calmé* : Non, ben non, là, c'est trop tard. J'ai plus le feeling.

JESSICA : Mais enfin Mike ?

MIKE : Vas-y, toi, tu as les bases, maintenant.

JESSICA : Mais toi… ?

MIKE : Non, mais moi, en fait, j'aime pas l'eau.

Noir.

5

UN MONSTRE À LA PLAGE

Synopsis : Une digue au bord de la mer. Denise et Robert, deux retraités sans autorité, surveillent de loin leur petit fils. Survient Jocelyne, qui n'a pas tout à fait les mêmes principes éducatifs...

Personnages

DENISE, retraitée

ROBERT, son mari

JOCELYNE, jeune retraitée très dynamique

Décor : Un banc

Durée : 5 minutes

*

Une digue au bord de la mer.

Denise et Robert, deux retraités, sont assis sur un banc. Ils surveillent leur petit-fils, Maxime (qu'on ne voit pas).

DENISE : Tu ne crois pas qu'il va attraper froid ? Il n'a pas grand-chose sur lui…

ROBERT : C'est normal, Denise, on est à la plage.

DENISE : Oui, mais tout de même, il y a un petit vent…

ROBERT : C'est le vent du large.

DENISE : Qu'est-ce qu'il fait, là ? (*Elle prend un air effrayé.*) Il ne serait pas en train de… de… d'écraser le château de sable de la petite fille ?

ROBERT : Si, je crois bien.

DENISE : Il faut l'arrêter !

ROBERT : Mais non. C'est la vie.

55

DENISE : C'est la vie, ou la loi de la jungle ?

ROBERT : Dans le cas présent, c'est plutôt la loi de la jungle.

DENISE : Si jeune… C'est horrible.

ROBERT : Oui, mais comme c'est le nôtre qui a le dessus, tout va bien.

DENISE : Tout de même, j'ai honte. Regarde, la petite fille est en train de pleurer.

ROBERT : C'est la loi de la jungle, Denise.

DENISE : Sa mère regarde vers nous. Cache-moi, Robert, j'ai trop honte. (*Elle se cache derrière Robert*).

Jocelyne entre. C'est une jeune retraitée, elle aussi. Elle fait son jogging.

JOCELYNE : Bonjour les amis, comment ça va ?

ROBERT : Ça va, Jocelyne. Ça va comme on peut. On vieillit, on vieillit…

JOCELYNE : Qu'est-ce que tu racontes ? On garde la forme. Regarde, je viens de faire trois kilomètres avec mes AirPods vissés sur les oreilles. Je pète la forme !

ROBERT : Oh, c'est plus de mon âge !

JOCELYNE : Il ne faut pas se laisser aller, Robert. Après, on devient tout mou, c'est pas bon pour la santé !

ROBERT : Moi, je suis plutôt contemplatif.

Denise apparaît derrière Robert.

JOCELYNE : Eh bien, Denise, qu'est-ce que tu fais là ?

DENISE : Moi ? Heu… rien.

Elle jette un regard inquiet vers la plage, et se crispe. Jocelyne suit son regard.

JOCELYNE : Qu'est-ce que c'est que ce sale gamin !?

DENISE et ROBERT, *innocents* : Qui ça ?

JOCELYNE : Non mais vous avez vu ce petit monstre ? Il est en train de taper sur une petite fille avec une pelle !

ROBERT : Tu crois ?

DENISE : Je ne le connais pas !

JOCELYNE : En plus, c'est une pelle en fer. Je me demande qui lui a donné une pelle aussi grosse. C'est beaucoup trop dangereux pour son âge.

ROBERT, *innocent* : Il y a vraiment des parents irresponsables !

JOCELYNE : C'est bizarre, il est tout seul, personne n'a l'air de le surveiller…

DENISE : Tu crois ?

JOCELYNE : Ou alors c'est un de ces gamins gardés par leurs grands-parents. Ils veulent faire plaisir à leurs petits-enfants et leur laissent faire n'importe quoi.

ROBERT, *hypocrite* : C'est vrai, ils n'ont aucune autorité.

DENISE, *hypocrite* : C'est vraiment lamentable !

JOCELYNE : Moi, mes petits-enfants, il faudra qu'ils marchent à la baguette, c'est moi qui vous le dis !

ROBERT : Tu as raison, il ne faut pas se laisser faire par ces morveux !

DENISE, *du bout des lèvres* : C'est vrai…

JOCELYNE : Mais regardez-moi celui-là ! Il vient de piquer son beignet à un ado, là-bas.

ROBERT, *fier* : Même pas peur de plus grand que lui !

DENISE, *inquiète* : N'empêche que le grand le poursuit, maintenant.

JOCELYNE : Bien fait pour lui !

DENISE : Quand même !

JOCELYNE : Tiens ! Il vient vers nous… (*On entend Maxime crier : « Papi ! Mamie ! ».*) Qu'est-ce que je disais : un gamin gardé par des grands-parents irresponsables ! Moi, mes petits-enfants…

DENISE : Oui, eh bien, en attendant, tu n'en as pas encore, alors fiche-nous la paix avec tes grandes leçons ! Oui, mon Maxime, j'arrive ! Ne t'inquiète pas, mon chéri, Mamie vient te sauver des grands méchants !

Elle se précipite vers la plage en faisant tournoyer son sac à main.

Noir.

LES PREMIERS BAINS DE MER

Synopsis : Dieppe, 1826. Claire de Bazinville s'apprête à prendre son premier bain de mer, sous la surveillance de sa mère et de ses femmes de chambre. Survient alors l'excentrique Maria, qui a une grande expérience de la baignade en mer...

Personnages

JOSÉPHINE DE BAZAINVILLE

CLAIRE DE BAZAINVILLE, sa fille

ESTHER, femme de chambre

CHARLOTTE, femme de chambre

MARIA

Décor : L'espace vide figurera la plage.

Le bruit de la mer peut créer une ambiance intéressante.

Costumes : Robes longues, peignoir, manteau de fourrure. Chapeaux, manchon, bonnet, ombrelles

Durée : 10 minutes

*

Dieppe, 1826. Joséphine de Bazinville, Claire, sa fille, Esther et Charlotte, leurs femmes de chambre, observent la mer. Joséphine porte une robe et Claire un peignoir. Elles ont toutes deux des chapeaux et une ombrelle.

CLAIRE : Ah ! J'ai hâte ! J'ai hâte de découvrir ça !

JOSÉPHINE, *très grande dame* : Doucement, ma fille, doucement ! L'eau est vraiment très froide !

CLAIRE : C'est normal, maman, c'est la Manche ! Dites-moi, Esther et Charlotte, ça fait quoi ?

ESTHER et CHARLOTTE, *se regardent, sans comprendre, puis* : Quoi ?

CLAIRE : Eh bien : de se baigner dans la mer ?

ESTHER : Heu… mademoiselle…

CHARLOTTE : Comment dire…

CLAIRE : Vous le savez bien, puisque vous prenez des bains de mer depuis votre plus tendre enfance !

JOSÉPHINE : C'est normal, pour des filles de pêcheurs…

ESTHER : Justement, c'est tellement normal que je ne trouve pas les mots.

CLAIRE : Allons, faites un effort !

CHARLOTTE : Eh bien, c'est frais, très frais, même. Alors on entre doucement dans l'eau. Jusqu'aux chevilles, puis jusqu'aux genoux, les cuisses…

CLAIRE : Alors là, ça devient plus difficile…

JOSÉPHINE et CLAIRE, *comme si elles ressentaient la sensation de fraicheur* : Houlà !

ESTHER : Le mieux, à ce moment-là, c'est de s'asperger les épaules, pour préparer le corps. Et puis… de plonger d'un coup !

Joséphine et Claire crient comme si elles ressentaient la morsure de l'eau glacée sur leur peau.

CHARLOTTE : Après, il faut nager, nager, nager fort, pour se réchauffer !

CLAIRE : Mais je ne sais pas nager !

JOSÉPHINE : Je ne savais pas qu'il fallut savoir nager pour prendre des bains de mer !

CLAIRE : Ce n'est pas le genre de chose qu'on apprend à Paris !

ESTHER : En ce cas, baignez-vous à marée basse et ne vous éloignez pas du rivage.

CLAIRE : Mais pour me réchauffer ?

CHARLOTTE : Eh bien… remuez, remuez dans tous les sens. (*Elle mime une personne s'ébattant dans l'eau comme un chien fou.*)

CLAIRE, *ôtant son manteau* : Bien. Allons-y.

JOSÉPHINE : Je ne suis pas rassurée. A-t-on attendu suffisamment longtemps après le repas ? La digestion, c'est important, si on ne veut pas risquer une hydrocution.

CLAIRE, *à Esther et Charlotte* : Esther, Charlotte franchement, vous en pensez quoi ?

Esther et Charlotte se regardent sans comprendre.

ESTHER : Euh… De… de la…

CHARLOTTE : … De l'eu… ??

JOSÉPHINE : De l'hydrocution ! Vous en pensez quoi ?

ESTHER : Ben… pas grand chose…

CHARLOTTE : C'est meilleur à la poêle, mais c'est moins digeste…

JOSÉPHINE : Pardon ?! Vous savez ce que c'est, au moins ?

CHARLOTTE : Bien sûr ! C'est quand on cuit les aliments dans une grosse marmite, avec de l'eau…

CLAIRE, *riant* : Mais pas du tout ! Il s'agit d'un choc provoqué par la température de l'eau, semblable à une électrocution. Cela arrive lorsqu'on se baigne trop vite après un repas.

CHARLOTTE : Ah !…

ESTHER : Vous savez, mademoiselle, chez nous, on ne fait pas trop attention à ces choses-là… Peut-être parce qu'on ne mange pas suffisamment pour provoquer une hydru… hydra… hydro… chose !

Maria entre. C'est une Brésilienne qui s'exprime avec un léger accent. Excentrique, elle porte un gros manteau de fourrure, un manchon, un bonnet et des bottes.

MARIA : Bonjour mesdames. C'est la première fois que je vous rencontre à Dieppe. Vous voulez vous essayer aux bains de mer, à ce que je vois !

JOSÉPHINE : C'est une excentricité de ma fille. Pour ma part, il est hors de question que j'aille me tremper dans ce bouillon de culture glacé !

MARIA : Vous avez tort, c'est extrêmement revigorant !

JOSÉPHINE : Oh ! Tout au plus une mode lancée par la duchesse de Berry.

MARIA : C'est vrai. Je fais partie de la cour de la duchesse, et je vous avouerai que je m'amuse follement depuis deux ans que nous venons à Dieppe plutôt qu'à Spa. Prendre les eaux dans une station thermale nous rendait tous malades. Alors que l'air de la mer nous revigore !

CLAIRE : Vraiment ?

MARIA : Bien sûr. Ici, il y a le grand air, les vagues, les parties de croquet et les courses de chevaux !

ESTHER et CHARLOTTE : Et la pêche !

MARIA, *un peu dégoûtée* : Oui, il faut aimer voir le poisson se tortiller… J'avoue que je le préfère plutôt dans mon assiette, qu'au bout d'un crochet.

CLAIRE : Comment est-ce, dans les stations thermales ?

MARIA : Imaginez une salle haute et voutée, un large bassin au milieu duquel flottent une foule de têtes, les unes coquettement coiffées, les autres en bonnet de nuit.

Charlotte et Esther éclatent de rire.

ESTHER : Excusez-nous…

CHARLOTTE : C'est l'image…

MARIA : Vous avez raison ma petite ! Et vous ne savez pas tout ! Les femmes babillent stupidement ; certaines ont devant elles de petites tables flottantes pour s'occuper à quelque ouvrage de broderie. Les hommes jouent aux cartes. D'autres lisent sur un pupitre…

CLAIRE : Mon Dieu, quel ennui !

MARIA : Mortel, mon amie, mortel ! Et je ne vous parle pas de la promiscuité répugnante : à force partager nos furoncles, nous ressortions tous avec des éruptions de boutons !

ESTHER et CHARLOTTE : C'est répugnant !

JOSÉPHINE : Pas plus que vos bains de mer ! Le monde y met ses furoncles tout autant.

CLAIRE : Oui, maman, mais c'est plus vaste.

JOSÉPHINE : Peut-être. Mais vous oubliez qu'il y a aussi les poissons… qui y font… qui y font leurs besoins !

MARIA, *riant exagérément* : Nous nous baignons dans les latrines des mollusques et des poissons ! C'est follement excentrique !

ESTHER : Et dans leur cimetière !

MARIA, *effrayée* : Mon Dieu, c'est vrai ! Je ne m'étais jamais fait cette réflexion !

CLAIRE, *bas, à Esther* : Esther, taisez-vous ! Vous voulez que maman m'interdise de prendre mon bain ?!

ESTHER, *bas* : Pardon mademoiselle… Mais c'est vrai !

MARIA : Enfin, l'océan est vaste ; tout cela est brassé !

CLAIRE : Bon, nous y allons ? Puis-je vous accompagner, madame ?

MARIA : Avec plaisir !

Claire ôte ses chaussures.

JOSÉPHINE : Je ne suis pas rassurée ; l'eau est très froide.

CHARLOTTE : Ne vous inquiétez pas, nous nous tenons prêtes avec le peignoir en soie pour la sortie de mademoiselle.

MARIA : Personnellement, j'ai trouvé la parade contre le froid. Faites comme moi, restez couvertes !

Les autres se regardent sans comprendre, tandis qu'elle s'avance vers la mer avec son manchon, son bonnet, ses bottes et son manteau de fourrure.

JOSÉPHINE : Madame… vous avez oublié d'enlever…

MARIA : Quoi donc ?

JOSÉPHINE : Votre manteau… votre manchon…

MARIA : Je les garde !

ESTHER : Mais madame, votre manteau…

CHARLOTTE : Le cuir et la fourrure supportent mal l'eau de mer…

MARIA : C'est le prix à payer pour avoir chaud !

ESTHER : Cependant, cela ne changera pas la température de l'eau.

JOSÉPHINE : Sans doute que si. Esther, s'il vous plait, sachez rester à votre place.

ESTHER : Bien madame.

CHARLOTTE : Pourtant, un tel manteau risque de souffrir au contact de l'eau…

MARIA : Ma bonne le rince ensuite à l'eau fraîche pour enlever le sel.

CHARLOTTE : Si c'est pas malheureux, ruiner de si beaux vêtements par caprice !

MARIA, *rit* : Ne vous inquiétez pas pour moi, j'en ai plein !

Maria et Claire s'avancent vers l'eau.

CLAIRE : Esther, Charlotte, accompagnez-moi un peu. J'enlèverai mon peignoir au dernier moment.

ESTHER et CHARLOTTE : Bien, mademoiselle. (*Elles enlèvent leurs chaussures et relèvent leurs jupes.*)

ESTHER, *entre ses dents :* Cette fois, c'est nous qui allons finir trempées.

CHARLOTTE, *entre ses dents* : Et nous, des jupes, on n'en a pas plein…

CLAIRE : Oh ! J'oubliais mon chapeau ! (*Elle l'enlève.*)

MARIA : S'il s'envolait, vous seriez bien embêtée pour le rattraper !

JOSÉPHINE : Claire ! Vous n'y pensez pas ! Couvrez votre visage, voyons ! Vous allez abîmer votre teint !

CLAIRE : Mais maman, il y a si peu de soleil !

JOSÉPHINE : Ta, ta, ta ! Il ne manquerait plus que votre peau devienne noiraude comme celle des petites pêcheuses du village.

ESTHER : Ce n'est pas si laid ! Au moins, nous n'avons pas l'air maladives !

MARIA : Votre bonne se permet un franc parler franchement indécent !

CHARLOTTE : Vous verrez, un jour la mode changera, et au lieu du teint blanc-verdâtre comme un vieux yaourt, c'est la délicate couleur de la crème brûlée qui sera appréciée.

JOSÉPHINE : Merci Charlotte pour cette passionnante réflexion ! En attendant, tenez cette ombrelle au-dessus de la tête de ma fille pendant son bain !

CHARLOTTE : Mais enfin…

ESTHER : Nous allons être intégralement trempées !

CLAIRE : Eh bien, vous avez l'habitude, non ? Allons ! Au bain !

Noir.

NOTE DE L'AUTEUR

Ces pièces courtes sur le thème des vacances peuvent se compléter par les quatre sketchs *Du typique en Crète, Du typique en Suède, Du typique à Tokyo* et *Du typique en France.* Vous les trouverez dans le recueil *Du typique, s'il vous plait !* ou de façon individuelle, en version numérique, sur www. annesophienedelec.fr.

*

Vous retrouverez toutes mes pièces sur mon site : www. annesophienedelec.fr.

Pour connaitre mon actualité, je vous invite à vous inscrire à ma newsletter sur mon site : www.annesophienedelec.fr. Vous pouvez également m'écrire via la page « Contact », je serai ravie d'échanger avec vous !

Vous pouvez également me suivre sur les réseaux sociaux :

facebook.com/AnneSophieNedelec.Autrice

instagram.com/annesophie_nedelec

linkedin.com/in/anne-sophie-nedelec-vandaele-051802bb

TABLE DES MATIÈRES

1. Départ En Vacances   1
   *   3
2. La Rando   13
   *   15
3. Sous La Tente   27
   *   29
4. Leçon De Surf   41
   *   43
5. Un Monstre À La Plage   53
   *   55
6. Les Premiers Bains De Mer   59
   *   61
   Note De L'auteur   71

   *   73
   Du Même Auteur   77

DU MÊME AUTEUR

Aux Éditions Le Lézard Bleu :

ROMANS

Mademoiselle Déjazet, roman historique, 2020

Pénétrez dans les coulisses du théâtre du XIXe siècle…

Treizième enfant d'une famille modeste, Virginie Déjazet débute sur les planches à l'âge de cinq ans. Le succès semble rapidement lui sourire, mais la presse et les rivalités sont redoutables sur le célèbre Boulevard du Crime… Femme de tête et femme de cœur, elle se forge une devise "Bien faire et laisser dire". Mais la course à l'amour fou et au succès n'est pas sans écueils. Comment rester soi-même dans un milieu où la concurrence est rude et se joue dans le lit des directeurs de théâtre ?

Une véritable épopée à la découverte de l'une des plus grandes comédiennes de sa génération.

Un Masaï à Zanzibar, roman contemporain, 2020

Alors qu'ils s'envolent vers la Tanzanie, Vanessa, Christophe et leurs enfants rêvent d'ailleurs et de rencontres. Sur les pistes de sable rouge ou face à l'immensité bleue de l'Océan Indien, les habitudes volent en éclats et les relations changent, même quand on se connaît par cœur… Aux prises avec leurs contradictions, parviendront-ils à s'ouvrir à l'autre ?

Un formidable périple à mi-chemin entre récit de voyage et conte initiatique…

Radium Girls — Tome 1. L'Affaire des Cinq condamnées à mort, roman historique, 2020

Découvrez l'histoire des Radium Girls, le scandale sanitaire qui a secoué l'Amérique des années 20 et 30...

Au printemps 1917, la United States Radium Corporation recrute en masse de très jeunes filles comme ouvrières peintres de cadrans de montres à destination de l'armée. Elles utilisent une invention révolutionnaire, la peinture Undark, à base de radium, qui permet aux chiffres de briller dans le noir. Quelques années plus tard, ces femmes développent d'étranges et effrayantes maladies... Qui osera demander des comptes à l'une des plus puissantes firmes du New Jersey ?

Radium Girls — Tome 2. Le Scandale des Filles fantômes, roman historique, 2021

Un nouveau scandale lié au radium secoue les États Unis des années 30… Alors que l'Affaire des Cinq condamnées à mort d'Orange s'est étrangement conclue, d'autres cas se manifestent dans l'Illinois en juillet 1937. Leonard Grossman, avocat à Chicago, reprend le flambeau de Raymond Berry pour défendre les ouvrières dévorées par le radium. Mais comment faire surgir la vérité dans le contexte économique de la Grande Dépression qui protège les industries encore debout ?

Ticket gagnant, comédie romantique, 2021

Quand un ticket gagnant se transforme en cadeau empoisonné…

Laura est une véritable Miss Catastrophe, Antoine un bourreau de travail parfaitement désagréable. Lorsqu'ils gagnent chacun un circuit touristique au Mexique, les voilà contraints de cohabiter au sein d'un groupe particulièrement hétéroclite. Entre maladresses et catastrophes, le charme du voyage sera-t-il capable de les rapprocher ?

Ticket gagnant - Tome 2. Fortune cookie, comédie romantique, 2022

De retour du Mexique, Laura et Antoine s'installent chez Laura, en plein quartier chinois de Paris. Mais une ex particulièrement envahissante refait surface… De leur côté, leurs meilleurs amis Audrey et Marc ont entamé un rapprochement. Mais un séducteur invétéré et une working girl ambitieuse sont-ils réellement susceptibles de faire bon ménage ?

Ticket gagnant - Tome 3. Dewi Sri, comédie romantique, 2023

Alors que le mariage d'Antoine et Laura se prépare, Audrey et Marc voient arriver avec angoisse le moment où il leur faudra se retrouver face à face. Quand en plus la famille s'en mêle, le mariage pourrait bien virer à la catastrophe. À moins que fêter les noces à Bali ne soit la solution pour régler les malentendus et vivre quelques moments d'aventure ?

*

THÉÂTRE

Du typique, s'il vous plait !, 2021

6 sketches à table... Des retraités amateurs de voyages qui éprouvent quelques difficultés avec la langue des pays qu'ils visitent... des Japonais aux prises avec un serveur parisien particulièrement désagréable... une petite frappe qui s'invite au palace... et des jet-setters échoués dans un kebab... Découvrez une galerie de personnages hilarants qui ont bien du mal à trouver leur place dans des lieux dont ils n'ont pas les codes.

Départ immédiat !, 2022

6 sketches en vacances... Du départ catastrophique aux mésaventures à la plage, en randonnée ou au camping, en passant par les bains de mer d'autrefois, découvrez une série de situations plus cocasses les unes que les autres...

Zébrures, la face cachée des HPI, 2022

« Zèbres », « HPI », « Surdoués », « Précoces », tous ces termes recouvrent une réalité mal connue et bien souvent erronée. Cette pièce, écrite à partir de divers témoignages, livre une vision sensible et « de l'intérieur », en croisant les destins de divers personnages.

Toutes les pièces de Anne-Sophie Nédélec sont disponibles au format PDF sur annesophienedelec.fr

Printed in France by Amazon
Brétigny-sur-Orge, FR

13736926R20049